Adieu, Vieux Lézard !

collection libellule
sous la direction de
Yvon Brochu

De la même auteure

Chez Dominique et compagnie

Sarah, je suis là !, 1996

Adieu, Vieux Lézard !

Agathe Génois

Illustrations
Leanne Franson

Données de catalogage avant publication (Canada)

Génois, Agathe, 1952-

Adieu, Vieux Lézard !

(Collection Libellule)

Pour les jeunes de 8 à 12 ans.

ISBN 2-89512-024-2

I. Titre. II. Collection.

PS8563.E55A74 1998 jC843'.54 C98-940384-X
PS9563.E55A74 1998
PZ23.G46Ad 1998

Sous la direction de Yvon Brochu, R-D création enr.
Illustrations : Leanne Franson
Révision-correction : Maurice Poirier et Christine Deschênes
Mise en page : Philippe Barey

Dépôts légaux : 3e trimestre 1998
Bibliothèque nationale du Québec
Bibliothèque nationale du Canada
ISBN 2-89512-024-2
Imprimé au Canada

10 9 8 7 6 5 4 3 2

Dominique et compagnie
Une division des éditions Héritage inc.
300, rue Arran, Saint-Lambert (Québec) J4R 1K5
Téléphone : (514) 875-0327
Télécopieur : (450) 672-5448
Courriel : info@editionsheritage.com

Nous remercions le Conseil des Arts du Canada de l'aide accordée à notre programme de publication, ainsi que la SODEC et le ministère du Patrimoine canadien.

Prologue

–Bataille !

Je lève les yeux vers mon grand-père. Il s'est endormi. Il faut dire que la partie de cartes était longue aujourd'hui.

Mais je connais le truc de grand-papa Jérôme. Il m'a joué souvent le même tour : il fait semblant de dormir quand c'est moi qui gagne. Ensuite, au moment où je m'y attends le moins, il me fait sursauter. Ce n'est plus drôle du tout !

–Grand-papa... Grand-papa...

C'est fou comme je me sens seule quand

il est silencieux. Tantôt, le salon était tout petit. Maintenant, il est immense.

Tiens, en attendant, je vais regarder les photos de chiens au dos du jeu de cartes. Un dalmatien… un berger allemand… un labrador…

– Grand-papa… Pourquoi tu ne peux pas avoir de chien ?

Avoir un chien, c'est son plus grand rêve. Il m'en a souvent parlé. Un beau labrador blond, comme ceux qui aident les aveugles à traverser la rue. Moi aussi, j'aimerais beaucoup avoir un chien. Un chien ami qui invente de nouveaux jeux quand je m'ennuie. Ou qui vient dormir dans mon lit quand je suis malade.

– Grand-papa ! Grand-papa ! Réveille-toi ! Pourquoi tu ne peux pas avoir de chien ?

La tête de grand-papa roule doucement sur sa poitrine. Il s'est peut-être vraiment endormi ?

Trois cartes de cœur glissent à pas de souris de ses mains jusqu'au tapis. Une seule carte se retourne en tombant. On y voit un drôle de chien-saucisse aux grands yeux brillants. On jurerait qu'il sourit !

Et tout à coup, je ne sais pas pourquoi, je me dis que si jamais grand-papa mourait, je n'aurais plus qu'un seul grand-parent : Vieux Lézard.

Ouf! Ce serait terrible ! J'aime mieux ne pas y penser plus longtemps.

Chapitre 1

Vieux Lézard !

Trois mois plus tard

Ma grand-mère, ce n'est pas un cadeau !

Son nom, c'est Marguerite. Devant mes amies, je l'appelle Vieux Lézard !

Elle me parle seulement pour me poser des questions indiscrètes, pour me faire des reproches ou pour me donner des ordres.

« Est-ce que ton père a une nouvelle amie ? » Elle m'a posé cette question-là au moins cinq cents fois depuis que maman et lui ont divorcé.

Ou encore, elle me demande :

– Quand vas-tu te faire couper les cheveux ? Ton toupet t'arrive toujours dans les yeux !

Et quand mes cheveux sont courts, elle dit :

– Tu serais beaucoup plus belle si tu portais des robes plus souvent !

L'autre jour, j'avais mis ma robe préférée.

– Tu ne devrais jamais porter de bleu. Le rouge te va beaucoup mieux.

Elle n'est jamais contente. Jamais une remarque avec un sourire dedans. Jamais le moindre petit mot doux.

Chaque fois qu'elle ouvre la bouche, je m'attends au pire. J'ai inventé une technique pour me protéger : je me recroqueville dans ma meilleure cachette intérieure. Je pense à autre chose pour ne pas l'entendre.

– Qu'est-ce que tu vas faire plus tard ? J'espère que tu vas te marier, au moins !

– …

– M'entends-tu, Cathou ? Qu'est-ce que tu vas faire plus tard dans la vie ?

– Je ne sais pas, c'est bien trop loin !

Je lui ai déjà dit que je voulais devenir détective. Elle s'est moquée de moi :

– Ce n'est pas un métier pour une fille !

Elle pense peut-être que j'ai changé d'idée !

En tout cas, moi, j'en ai ras le bol d'aller lui rendre visite tous les samedis. C'est François, mon père, qui veut toujours que je l'accompagne.

Le seul moment de la journée que j'aime, c'est quand on roule en auto, tranquilles tous les deux. Je peux lui poser toutes les questions que je veux.

– François, pourquoi grand-papa ne m'a pas dit bonjour avant de partir ?

– Il ne pouvait pas t'avertir, Cathou. Grand-papa ne savait pas qu'il allait mourir.

Je l'aime beaucoup, mon père. Il n'a pas peur de répondre à mes questions.

– François, pourquoi grand-papa ne pouvait pas avoir de chien ?

– C'est ta grand-mère qui ne voulait pas. Elle n'aime pas les chiens.

– Pourquoi elle n'aime pas les chiens ?

– Elle dit que ça sent mauvais et que ça jappe tout le temps.

Vraiment, ma grand-mère, elle exagère ! Ce n'est pas pour rien que tout le monde la trouve détestable. Ça fait trois fois qu'elle doit changer de résidence pour les personnes âgées.

Papa est inquiet. Il m'en a parlé :

– Je me demande pendant combien de temps ta grand-mère va pouvoir habiter au Paradis des Aînés ! Elle vient d'arriver et déjà le directeur a l'air découragé. Elle n'arrête pas de se plaindre à propos de tout et de rien. Elle dit que la nourriture n'est pas bonne, que les gens font beaucoup de bruit, que sa chambre est trop petite…

– Toi, papa, est-ce que tu l'aimes, grand-maman ?

– Oui, je l'aime !

– Pourquoi tu l'aimes ?

– Euh… Parce que c'est ma mère. Elle a pris soin de moi quand j'étais petit. Elle m'a appris plein de choses.

– Moi, j'aimais mieux grand-papa !

Oui, grand-papa Jérôme, je l'adorais ! C'est lui qui m'a montré à faire des châteaux de cartes qui tiennent debout longtemps. C'est lui qui m'a amenée au Cirque du Soleil la première fois. Et surtout, il me faisait rire ! Au dîner du jour de l'An, c'était la seule grande personne qui éclatait de rire quand on entendait un pet. C'est vrai ! Tous les autres faisaient semblant de n'avoir rien remarqué. Sauf grand-mère Marguerite, qui jetait de gros yeux vers le coupable !

Zut! Nous arrivons au Paradis des Aînés. Je reconnais la maison bleue. Une maison de bois immense, remplie de fenêtres, avec une longue galerie, un balcon et deux tourelles. Une vraie maison de conte effrayant! Mais ici, il n'y a pas de toiles d'araignée tendues aux poteaux de galerie.

Pas de corbeaux ni de chauves-souris qui tournent en rond autour de la cheminée. Pas de sorcière qui l'habite. À moins que…

– Papa, trouves-tu que grand-maman ressemble à une sorcière ?

– Voyons, Cathou, un peu de respect pour ta grand-mère !

Chapitre 2

Un élégant visiteur

Chaque samedi, avant d'entrer au Paradis des Aînés, je me demande toujours si grand-mère va être la même ou si elle va enfin avoir changé un peu. À force de vivre entourée de monsieur Léon, de madame Rose et des autres, grand-mère va sûrement devenir plus aimable un jour !

Dans le salon communautaire où nous l'attendons, quelques pensionnaires regardent la télévision. D'autres jouent au Scrabble. Monsieur Arthur dessine. Madame Brochu écrit une lettre.

Il y a un gros piano, comme celui qu'il y avait dans la maison de grand-papa Jérôme et de grand-mère Marguerite. Mais ce piano-ci, pas moyen de voir sourire sa grande bouche avec ses dents noires et blanches. Le couvercle est toujours fermé.

– C'est dommage ! nous dit le directeur. Il y aurait tellement d'atmosphère dans la maison si un de nos pensionnaires savait jouer du piano.

Juste au moment où j'allais lui dire que grand-mère en joue, une voix familière fend l'air comme une flèche :

– Cathou !

Sa voix pointue fait sursauter tout le monde dans le grand salon.

– Bonjour, grand-maman !

– Dis donc, Cathou, viens par ici. Mais... on dirait que tu as pris du poids !

Le directeur et les pensionnaires se retournent vers moi. Elle a encore fait

exprès ! Je sens que je deviens de plus en plus rouge. Il me semble que je vais éclater !

– J'ai l'impression que tu te bourres de patates frites, ajoute-t-elle. Tu devrais faire attention, les p'tits garçons n'aiment pas les *toutounes*.

Trop, c'est trop ! Je voudrais connaître un truc de magie pour disparaître à l'instant même. Au fait, des trucs pour disparaître, il n'y en a pas des millions ! Je me lève d'un bond et je cours vers la sortie.

– Ma grand-mère, c'est pas un cadeau ! Je ne viendrai plus jamais la voir, c'est juré !

C'est ce que je dis à papa quand il vient me rejoindre sur la galerie.

– Grand-maman ne veut pas te faire de peine, Cathou. Je suis certain qu'elle t'aime beaucoup.

– Ça ne paraît pas !

– Elle vit toutes sortes d'émotions difficiles depuis que grand-papa est parti. Elle a beaucoup de chagrin d'avoir quitté sa maison pour vivre avec des gens qu'elle ne connaît pas.

– J'aimerais ça avoir une vraie grand-maman !

Une grand-maman qui sourit souvent et qui ne porte jamais de rouge à lèvres qui pue. Une grand-maman qui me lirait des histoires de détectives. Une grand-maman, comme celle de mon amie Gabrielle, qui dit souvent que les enfants sont plus intelligents que les grands.

– À quoi penses-tu ? demande papa.

– J'aimerais ça pouvoir l'aimer, ma grand-mère ! Je n'ai plus d'autre grand-parent !

François penche un peu la tête. Ses grands yeux noirs deviennent tout luisants. Ensuite, il regarde partout autour de nous pour trouver des mots.

– Je vais te donner un truc, dit-il. Fais comme si grand-maman était un petit animal qui se méfie des humains. Chaque fois que tu la vois, essaie de l'apprivoiser. Essaie de comprendre comment elle se sent.

Facile à dire ! J'ai déjà apprivoisé un chat abandonné et un bébé écureuil, mais comment on fait pour apprivoiser un vieux lézard qui rouspète tout le temps ?

* * *

Papa est allé retrouver grand-mère. Moi, je continue de réfléchir sur la galerie.

Tic tic tic tic tic... Quel drôle de bruit ! *Tic tic tic tic tic...* Mais qu'est-ce que c'est ? Je lève les yeux et c'est comme si j'avais une apparition ! Un teckel est là, devant moi, comme s'il venait de tomber du ciel. Oui, un vrai chien-saucisse. Mais il n'a rien d'un ange avec son imperméable et son chapeau pour la pluie. En fait, il est très comique !

Tic tic tic tic tic... On dirait qu'il veut imiter les danseurs à claquettes avec ses griffes sur le trottoir. Entre lui et moi, c'est le coup de foudre ! On ne se quitte pas des yeux.

– Viens par ici ! dit la dame qui le tient en laisse.

– Bonjour, madame. Comment il s'appelle, votre chien ?

– Pretzel ! Moi, je m'appelle Jeanne. Et toi ?

– Catherine, mais je préfère qu'on m'appelle Cathou.

Pendant ce temps, Pretzel me flaire ici et là. Oups... Ça chatouille !

– Pretzel est très intelligent. Il adore jouer au détective ! dit madame Jeanne. Il a déjà commencé son enquête. Il veut savoir qui tu es...

– Je crois que nous allons bien nous entendre, lui et moi.

– Allons, Pretzel, viens ici, dit-elle en tirant la laisse. Il faut entrer sans tarder, le directeur nous attend.

Puis elle m'explique :

– Nous sommes venus parce que le directeur veut faire une surprise à une pensionnaire. Tu entres avec nous, Cathou ?

Une surprise à une… QUELLE pensionnaire ?

Quand je sors de la lune, Pretzel et sa maîtresse sont déjà à l'intérieur. Vite, il faut que je les rejoigne !

Au grand salon, monsieur Ledoux est sur le point de prendre la parole. C'est un drôle de petit monsieur, le directeur. Il n'a presque plus de cheveux. Son crâne est lisse comme une boule de cristal.

– Un peu de silence, s'il vous plaît, dit-il en tapant dans ses mains. Madame

Marguerite, nous avons une belle surprise pour vous souhaiter la bienvenue chez nous !

Tic Tic Tic Tic Tic... Pretzel avance au milieu de la pièce en sautillant joyeusement sur ses petites pattes.

– Oh ! qu'il est charmant ! dit madame Rose, en rangeant son tricot.

Grand-mère Marguerite n'a encore rien vu. Mais dès qu'elle se retourne...

– Aaaahhh ! Quelle horreur ! crie-t-elle. Faites sortir cette vilaine bête, ou je fais mes valises !

Elle se lève brusquement, sans écouter les explications du directeur, et elle retourne à sa chambre.

Non, grand-mère n'a pas changé !

Le grand salon se remplit aussitôt de chuchotements.

– J'ignorais que votre pensionnaire

n'aimait pas les chiens ! dit madame Jeanne au directeur.

– Moi aussi ! répond monsieur Ledoux, visiblement déçu.

– Je suis désolé ! ajoute mon père en inclinant la tête.

Les yeux remplis d'interrogations, Pretzel suit de loin les pas de grand-mère en reniflant partout. Il cherche sans doute à comprendre ce qui s'est passé.

– Je sais ce qui aurait fait plaisir à ma grand-mère ! dis-je au directeur.

– Qu'est-ce que c'est, Cathou ? demande papa.

– C'est facile : une tablette de chocolat géante ou un gros chou à la crème !

Tout le monde éclate de rire. Pourtant, c'est la vérité ! Grand-mère Marguerite a au moins une qualité : elle est gourmande. Comme moi !

Chapitre 3

Mission impossible

À notre arrivée, le samedi suivant, monsieur Ledoux a perdu son sourire. Il a l'air très inquiet.

– Monsieur François, dit-il à papa, j'ai dû prendre une grave décision cette semaine.

Ça y est. Je gage qu'il veut mettre grand-mère à la porte !

– Tous les pensionnaires ne cessaient de me demander si Pretzel allait revenir, explique-t-il. Sauf votre mère. Pour mes vieux, une journée avec madame Jeanne et son petit chien, c'est une distraction merveilleuse ! Vous savez, il y en a plusieurs parmi eux qui ne reçoivent jamais de visite. Avec Pretzel, ils ont enfin quelqu'un à espérer… Alors j'ai demandé à madame Jeanne de revenir tous les samedis avec son chien.

Youppi ! Je vais pouvoir jouer avec Pretzel chaque fois qu'on viendra au Paradis des Aînés.

Mon père pousse un soupir de soulagement :

– J'ai cru un instant que vous ne vouliez plus de ma mère dans votre résidence.

– Monsieur François, je sais qu'elle ne sera pas contente que ce chien revienne. Mais je dois penser au bonheur des autres pensionnaires, vous comprenez ? ajoute le directeur. Justement, Pretzel va arriver bientôt. Je préférais vous avertir. Pour ce qui est de votre mère, je lui laisse encore une chance. Mais si elle continue de rouspéter, il faudra songer à lui trouver une nouvelle résidence.

– L'avez-vous informée que Pretzel va revenir ? demande papa, le regard inquiet.

– Non. J'ai cru qu'elle accepterait mieux la nouvelle si elle venait de vous.

Papa se tourne vers moi et me regarde avec son sourire le plus tendre. Devinez à qui il veut confier la mission impossible ?

– Ah non ! Ça suffit ! lui dis-je. Vous autres, les grands, vous vous débarrassez toujours des choses que vous n'avez pas envie de faire et vous nous forcez à les faire à votre place !

– Cathou, je suis certain que grand-maman va mieux réagir si c'est toi qui lui annonces la nouvelle.

– Tu n'as pas le droit de m'obliger !

Inutile d'insister ! Quand mon père a une idée en tête, c'est comme si elle était en prison. Et lui seul possède une clé pour la sortir de là. Le problème, c'est qu'il perd toujours ses clés !

Me voilà devant la porte de la chambre de grand-maman. Pour me donner un peu de courage, j'essaie le truc de papa : j'imagine que grand-mère est un petit animal farouche. Enfin, j'essaie... Car ce n'est pas facile ! Au lieu d'une petite bête, c'est toujours un lion rugissant qui apparaît dans ma tête.

Voyons, un peu de calme ! Il faut que je sois brave si je veux devenir détective. Je vais entrer sur la pointe des pieds et lui parler doucement...

– Aaaaaah ! crie grand-mère.

Zut ! je l'ai fait sursauter, sans le vouloir. Exactement ce qu'il ne fallait pas faire !

– Je t'ai déjà demandé de frapper avant d'entrer, Cathou ! dit-elle sur un ton sévère.

– Excuse-moi, grand-maman !

Assise devant sa fenêtre, elle regarde au loin.

Par où commencer ? Tiens, je vais lui faire un compliment. Un truc qui marche toujours avec les grands.

– Ils sont beaux, tes cheveux, grand-maman !

– Tu trouves ?

– Oui, ils ont l'air doux comme... comme des plumes de canard.

Elle n'aime peut-être pas la comparaison, car dès que je veux toucher à ses cheveux :

– Fais attention, tu vas me dépeigner !

Heureusement, j'ai un autre truc : parler du passé.

– Grand-maman, raconte-moi comment tu as rencontré grand-papa !

– Tu ne préfères pas entendre l'histoire de Cendrillon ?

– Non, non ! Parle-moi de ta première rencontre avec grand-papa.

Pendant qu'elle raconte, j'ai tout mon temps pour essayer de l'aimer.

Je la regarde petit coin par petit coin. Je contemple les plis minuscules au coin de ses yeux. Ensuite, je compte les taches de vieillesse sur ses mains.

Il est plus facile d'aimer une personne difficile à aimer en la regardant petit bout par petit bout plutôt que d'essayer de toute l'aimer d'un seul coup.

– On dirait que tu ne m'écoutes pas, Cathou.

– Mais oui, je t'écoute, grand-maman. Continue.

Quand elle a terminé, elle dit en soupirant :

– Si tu savais comme je l'aimais, ton grand-papa !

– Moi aussi.

Puis nous ne disons plus rien. Et là, c'est pareil, pareil comme si on s'aimait !

J'approche ma main pour prendre la sienne.

– Donne-moi ta main, grand-maman !

Mais soudain, elle s'agite et se lève.

– Va retrouver ton père, il doit s'inquiéter.

C'est vrai qu'elle ressemble à un animal effarouché. Pas moyen de la toucher !

– Vas-y, Cathou ! Va retrouver ton père. Moi, j'ai autre chose à faire.

Pourquoi grand-mère se sauve-t-elle toujours ? Est-elle allergique aux enfants ? A-t-elle peur d'attraper la *picote* volante ?

Je me rappelle tout à coup ma mission : j'étais venue lui annoncer que Pretzel va revenir. Ouf ! Ça me donne le vertige. J'ai des papillons dans l'estomac, des fourmis dans les jambes, des bourdons dans les oreilles. Ça grouille de partout !

Je voudrais être très loin d'ici et, surtout, n'avoir aucune mauvaise nouvelle à annoncer à personne ! Mais comme si elle avait deviné, grand-mère me demande :

– Est-ce que tu étais venue me dire quelque chose de spécial ?

– Justement, oui, grand-maman…

Mais… Impossible de parler de Pretzel ! Les mots restent coincés dans ma gorge.

– Alors, dit-elle en s'impatientant, de quoi s'agit-il ?

– Euh… J'aimerais que tu viennes me jouer du piano dans le grand salon.

Chez elle, elle jouait *La Valse des patineurs* tous les jours. C'est son morceau préféré !

– Ah non, Cathou, je n'ai pas touché le piano depuis la mort de ton grand-père et ce n'est pas maintenant que je vais recommencer ! Ici, personne ne sait que je joue du piano.

– Pourquoi tu ne veux pas en parler ?

– Tu es trop jeune pour comprendre !

Elle dit toujours ça quand elle ne sait pas quoi dire.

– Pourquoi tu ne veux pas jouer du piano, grand-maman ? Le directeur cherche justement une pianiste. Il dit que la maison en a besoin.

– Je ne me sens pas encore chez moi ici. J'en jouerai quand j'aurai des amis.

– Et moi, je ne suis pas ton amie ?

– Toi, tu es ma petite-fille. Ce n'est pas pareil !

Je n'arrive pas à lui parler de Pretzel. Plus j'attends, plus j'ai peur… Tiens, j'ai une idée tout à coup :

– Je sais comment tu pourrais te faire des amis ! dis-je en tremblotant.

– Ah oui ? Bon, je t'écoute.

Elle se rassoit près de moi.

– Si… Si tu es fine avec Pretzel, le chien-saucisse, tous les gens vont t'aimer !

Elle bondit de sa chaise comme si elle venait de s'asseoir sur un cactus.

– Comment ça, le chien-saucisse ?

Je vais tout lui dire d'un seul coup. Ce sera plus facile. *Un-deux-trois, GO!*

– Tu ferais mieux de t'habituer, grand-maman. À partir d'aujourd'hui, Pretzel va revenir tous les samedis. Les autres pensionnaires l'ont demandé à monsieur Ledoux. Ils sont très contents de recevoir la visite d'un petit chien qui les fait rire.

– Quoi ? Je vais leur en faire un Pretzel, moi !

Heureusement, j'ai apporté ma trousse de secours pour calmer Vieux Lézard en cas d'urgence :

– Grand-maman, j'ai un cadeau pour toi !

Je lui donne une grosse barre de chocolat suisse fourré à la crème de noisette.

Mais... Je n'arrive pas à le croire ! Elle ne la développe même pas. Je n'ai jamais vu ça !

– Viens, ma petite-fille, dit-elle en me

prenant le bras. Je vais te montrer comment on obtient ce qu'on veut dans la vie. Je vais lui dire ma façon de penser à ce directeur de cages à poules ! Écoute bien, Cathou ! Cela te sera utile quand tu seras grande.

Je ne vois pas en quoi ça me servirait plus tard d'être insupportable comme elle. Je suis capable de dire ce que je pense. Et j'y arrive sans même avoir l'air bête.

Elle ne frappe même pas. Nous entrons comme une tornade dans le bureau de monsieur Ledoux. Je suis malheureuse de me retrouver là, avec la plus malcommode de ses pensionnaires.

– Monsieur le directeur, lance-t-elle en entrant, s'il est vrai que ce chien-saucisse va revenir, vous allez perdre une pensionnaire. Ensuite, d'autres vont faire comme moi et il n'y aura plus personne dans votre Paradis des Aînés !

– Euh... oui, en effet..., marmonne le directeur, il est possible que madame

Jeanne nous visite régulièrement avec son chien. Vous savez, c'est une dame très bien, on a parlé d'elle et de Pretzel dans un magazine ! Il paraît que le contact avec les animaux apporte beaucoup de réconfort aux personnes âgées, aux personnes seules, aux malades.

Monsieur Ledoux redresse les épaules, prend une grosse voix pour avoir l'air d'un homme sérieux, mais avec ses joues rouges, son *coco* en forme de boule de cristal, ses épais sourcils et son nez tout rond, il me fait penser à un clown que j'ai vu au Cirque du Soleil avec grand-papa.

– Qu'est-ce que vous lui reprochez tant à ce chien, madame Marguerite ?

– Il est sûrement plein de puces et plein de microbes ! répond-elle. Un chien, c'est malpropre ! Imaginez un instant s'il amenait un virus à la résidence... Sans compter qu'il va faire pipi partout, c'est certain !

– Vous ne trouvez pas que vous exagérez ? dit le directeur. Madame Jeanne s'occupe très bien de son chien. Il est très propre. Dans l'article où on parle de Pretzel...

– Il ne faut pas se fier à tout ce qu'on raconte dans les magazines ! fait remarquer grand-mère. De toute façon, je vois bien que vous ne voulez pas m'écouter. Inutile d'insister. Je prendrai d'autres moyens ! Viens, Cathou...

Elle me saisit encore le bras. En passant devant monsieur Ledoux, je lève les yeux au plafond en soupirant, pour lui montrer que je ne suis pas d'accord avec ma grand-mère. Nous sortons du bureau aussi rapidement que nous y sommes entrées.

– Il faut vite lui trouver des défauts à ce chien ! me dit grand-mère dans le couloir.

Qu'elle ne compte pas sur moi pour l'aider ! Je veux revoir Pretzel. Je veux devenir son amie, sa vraie amie. Je vais le défendre jusqu'au bout pour qu'il continue de venir au Paradis des Aînés.

– Grand-maman, lâche-moi, veux-tu ?

Elle lâche enfin mon bras et je peux m'en aller.

Chapitre 4

Cathou et Pretzel mènent l'enquête

Au salon, c'est la fête. Tout le monde est rassemblé autour de Pretzel qui donne un petit spectacle. Madame Jeanne le fait marcher sur ses pattes de derrière et tourner sur lui-même.

Il y a monsieur Brisebois, celui qui collectionne les nœuds papillons. Monsieur Léon, qui a toujours le sourire. Monsieur Arthur, celui qui a la grosse maladie de zaïmère... ou quelque chose comme ça!

Et madame Brochu, celle qui est un peu dure d'oreille :

– Comment il s'appelle, votre chien ? Popcorn ?

– Non, madame Brochu. Il s'appelle PRETZEL.

– Ah ! PITZÈLE. Quel joli nom !

…EL, madame Brochu, PRET-ZEL.

…i, c'est bien ce que je disais : …ZEL !

Dès qu'il a terminé son numéro, Pretzel saute sur les genoux de monsieur Arthur et se blottit au creux de ses bras.

Mais soudain, une voix perçante se fait entendre :

– Monsieur le directeur ! Monsieur le directeur ! Venez voir… Il y a du pipi de chien dans le couloir.

Grand-mère est là, devant l'entrée du salon, triomphante.

Le directeur sort vivement de son bureau.

– En effet, on dirait…

Il regarde madame Jeanne.

– Je pense bien que votre Pretzel n'a pas pu se retenir !

– Impossible ! réplique-t-elle. Pretzel fait

toujours ses petits besoins dehors, d'entrer.

Au même moment, madame Rose, qui était allée chercher son tricot, revient découragée :

– Regardez, monsieur le directeur : mon tricot est tout mêlé. Je l'ai retrouvé par terre. Je me demande bien qui a fait ça ! J'ai perdu plusieurs mailles. Je dois le défaire et tout recommencer.

Monsieur Brisebois dit à son tour :

– Comme c'est curieux ! Tout à l'heure, j'ai constaté que le plus beau nœud papillon de ma collection avait disparu. Savez-vous où je l'ai finalement repêché ? Dans la cuvette d'une toilette !

– Moi, mon sac à main s'est envolé ! se plaint madame Brochu.

Puis, monsieur Léon nous montre une grosse boulette de tissu :

qu'il reste de ma pantoufle !
…e-t-il.

…ous ne savez pas qui a fait ça ? V…ons, c'est pourtant facile à deviner ! insinue grand-mère en jetant un regard accusateur vers Pretzel.

Insulté, Pretzel se met à grogner.

– Mon chien est très bien élevé, réplique madame Jeanne. Je ne le laisserais pas jouer des tours pareils !

En bonne détective, je demande :

– Madame Jeanne, Pretzel s'est-il éloigné de vous depuis votre arrivée ?

– Non, il ne m'a pas quittée.

– Oh pardon ! dit monsieur Brisebois. Vous oubliez quelque chose, madame Jeanne. Vous l'avez laissé tout seul au moins deux fois : quand vous étiez à la salle de toilette, et quand vous êtes allée boire un verre de jus à la cuisine.

– Vous avez raison, admet madame Jeanne. J'avais oublié.

– Voilà, il me semblait bien! raille grand-mère.

Se pourrait-il que Pretzel soit vraiment un joueur de tours?

– Monsieur le directeur, s'inquiète madame Rose, même si Pretzel joue des petits tours, il n'est pas méchant! Il fait ça pour nous amuser. Vous n'allez pas empêcher madame Jeanne de revenir nous visiter avec lui, n'est-ce pas?

– Je vais y réfléchir.

Vite, il faut intervenir. Je regarde bravement le directeur et lui propose:

– Je vais faire une enquête!

Pourquoi les gens éclatent-ils de rire chaque fois que je prends la parole? Seule madame Jeanne m'a prise au sérieux. Elle me chuchote au creux de l'oreille:

– Si tu veux, Pretzel peut t'aider à faire ton enquête !

C'est une excellente idée, car Pretzel a beaucoup de flair. Il me fait tout de suite remarquer un bon indice. En l'entendant grogner une fois de plus vers grand-mère, je réalise qu'elle est la seule personne à qui aucun malheur n'est arrivé. Tiens, tiens, tiens…

Tout devient clair, très clair : c'est grand-mère la coupable ! Elle a fait cela pour nuire à Pretzel. D'ailleurs, elle continue de rouspéter contre lui :

– Je vous avais averti, monsieur le directeur : une résidence pour personnes âgées, ce n'est pas une animalerie !

Le directeur rougit, hésite et finit par dire :

– Vous avez peut-être raison, madame Marguerite.

Ah non ! Je ne veux pas que Pretzel soit puni. Surtout, je veux qu'il revienne, comme moi, chaque samedi. Il faut parle. Grand-mère ne sera pas contente... Eh bien, tant pis. Elle se fâche à longueur de journée, de toute façon !

– Monsieur Ledoux, je sais qui est la coupable, dis-je nerveusement. Pas besoin de faire une longue enquête. C'est... c'est... c'est ma grand-mère !

Les yeux de Vieux Lézard deviennent tout ronds et gros comme des prunes.

– Cathou ! Comment oses-tu m'insulter, moi, ta grand-mère ?

– Tu me prends pour une enfant de quatre ans, grand-mère Martineau, mais toi, tu joues des tours de bébé-la-la ! Et puis, tu as toujours l'air bête. Personne ne veut être ton ami.

Ça m'étonne d'entendre ces paroles sortir de moi comme un long roulement de coups de tonnerre. Mais je ne peux plus les retenir :

– Papa m'avait dit que tu étais comme

un petit animal sauvage qui a p[illegible]
essayé de t'apprivoiser, mais tu n'as même
pas voulu que je te prenne la main.

Je suis à bout de souffle. Un dernier coup de tonnerre gronde encore en moi :

– À cause de toi, grand-papa était triste parce qu'il ne pouvait pas avoir de chien. Mais tu ne m'empêcheras pas d'être amie avec Pretzel !

Pretzel pousse deux légers jappements pour montrer qu'il est parfaitement d'accord.

Ensuite, un lourd silence envahit le salon. Monsieur Arthur tousse plusieurs fois. Mais personne n'ose parler.

Au bout de quelques minutes, monsieur Ledoux dit simplement :

– Je vous laissais une dernière chance, madame Marguerite. Si c'est vous qui avez joué ces mauvais tours, je ne pourrai pas vous garder au Paradis des Aînés.

ai rien fait ! dit-elle en levant
ns un geste de découragement.
vous, mademoiselle la détective,
-t-elle en me regardant droit dans
le yeux, j'ai une preuve que je ne suis pas coupable : moi aussi, j'ai perdu quelque chose ! Je ne trouve plus mon rouge à lèvres.

Puis elle retourne à sa chambre d'un pas rapide.

J'ai envie de pleurer. Je me glisse dans le meilleur fauteuil. Pretzel monte sur mes genoux pour me consoler. Madame Jeanne vient mettre son bras autour de mes épaules.

– Elle est grincheuse, ta grand-mère ! dit-elle doucement. Mais ne t'en fais pas, Cathou. Un jour, son grand cœur tendre va parler !

– Madame Jeanne a raison, ajoute monsieur Arthur avant de quitter le salon à son tour.

C'est étrange, monsieur Arthu
jamais un mot d'habitude.

ne dit

Chapitre 5

Le dessin de monsieur Arthur

C'est la première fois que je me fâche contre quelqu'un. Ça fait drôle ! Sur le coup, je me sentais un peu nerveuse, mais brave quand même. Dix minutes plus tard, mes jambes sont devenues toutes molles et j'ai mal au ventre.

Pourquoi est-ce si difficile de dire ce qu'on a sur le cœur ? Pourquoi on tremble autant avant de le faire ? Et encore un peu, après ?

Pendant que je me pose des questions,

tout redevient normal au Paradis des Aînés. Les pensionnaires ont regagné leurs chambres. Madame Jeanne va bientôt les visiter un à un avec Pretzel.

– Regarde qui est là, Cathou…, dit papa, d'une voix réconfortante.

Pretzel vient vers moi à petits pas rapides. *Tic tic tic tic tic…* Il n'a pas le même air que d'habitude. Il tire doucement sur le bas de mon jean.

– Qu'est-ce qu'il y a, Pretzel ?

– Il veut te montrer quelque chose, répond papa. Allons-y !

Je me lève pour suivre mon détective préféré ! Pretzel se retourne souvent pour voir si je marche toujours derrière lui. Sans s'arrêter. Il est si pressé… Je commence à avoir peur qu'un malheur soit arrivé. Devant la chambre de monsieur Arthur, Pretzel ralentit. Il pousse la porte entrouverte avec son museau.

Monsieur Arthur est là, assis par terre,

en train de tracer un grand cœur sur le plancher avec un tube de rouge à lèvres.

– Monsieur Arthur !…

Notre présence ne semble pas du tout le déranger. Il continue de dessiner calmement. En regardant autour de lui, je reconnais le sac à main de madame Brochu. Il a été vidé de son contenu, sur le lit. La deuxième pantoufle de monsieur Léon traîne sur le rebord de la fenêtre. Et je pense que… oui, c'est bien avec le rouge à lèvres de grand-maman que monsieur Arthur dessine.

C'est donc lui qui…

Pretzel frôle affectueusement monsieur Arthur, car il a compris qu'il n'est pas méchant. C'est à cause de sa maladie s'il fait des choses un peu bizarres parfois.

– Viens voir, me dit monsieur Arthur en coloriant l'intérieur du cœur. Viens voir comme il est grand le cœur de ta grand-maman !

Pretzel, lui, est déjà assis dedans !

Se pourrait-il que grand-mère ne soit pas si méchante ?…

Chapitre 6

Comme deux petites filles

Au moment où j'arrive dans sa chambre, grand-mère regarde des photos et elle pleure en silence. C'est la première fois que je vois des larmes briller sur ses joues. Je ne sais pas si je peux m'approcher d'elle, ou si je dois faire comme si je n'avais rien vu et me sauver au plus vite.

De toute façon, je ne sais plus comment je me sens : soulagée ou honteuse ? Triste ou heureuse ? Rien de tout ça... et tout ça en même temps.

– C'est toi, Cathou ? dit-elle en rangeant ses photos.

– Oui, grand-maman. Euh… Je voulais… Je suis venue te dire que je te crois. Ce n'est pas toi qui as joué des tours aux pensionnaires.

– Ah bon ?

– C'est monsieur Arthur et sa maladie de zaïmère.

– La maladie d'Al-zhei-mer, Cathou.

Je n'ose pas avouer à grand-mère que j'ai vu son rouge à lèvres. Il doit être tout usé maintenant.

– Bravo, tu feras une bonne détective, poursuit-elle en essuyant une larme en retard. Mais peux-tu prouver que c'est bien monsieur Arthur qui a causé tout ce tracas ? Tu es certaine que ce n'est pas ton saucisson à quatre pattes ?

– Ce n'est pas moi qui ai tout découvert.

– Alors, qui est-ce ? C'est ton père ?

– Non, ce n'est pas François. C'est le saucisson à quatre pattes, comme tu dis… Pretzel lui-même !

Au lieu de se fâcher, elle me regarde, étonnée. Ses yeux sont encore mouillés.

– Grand-maman, dis-moi pourquoi tu pleurais ?

– Ce n'est rien !

Je sais que c'est le contraire, car il y a

toujours quelque chose quand les grands disent qu'il n'y a rien !

– C'est difficile à expliquer..., ajoute grand-mère.

Elle hésite un peu. Puis, sans un mot, elle me tend une vieille photo toute plissée dont un coin a été déchiré. C'est la photo d'une petite fille assise devant une maison, qui tient un gros chat dans ses bras.

– C'est qui la petite fille, grand-maman ?

– C'est moi, quand j'avais ton âge.

Je n'avais jamais réalisé que grand-mère avait déjà été une petite fille comme moi. Une petite fille qui me ressemble beaucoup sur cette photo. Une petite fille qui serait ma meilleure amie si elle habitait à côté de chez nous.

– C'était à qui le chat ?

– C'était à moi. Il s'appelait Pinceau. Tu as vu ? Le bout de sa queue est plus foncé... Je l'aimais tellement, Pinceau ! Je n'ai jamais eu d'autre chat après lui.

Je regarde encore une fois la petite fille de la photo. Puis je lève les yeux vers grand-mère. Son visage n'a plus l'air sévère.

– Je vais te confier un secret, Cathou. Quand je me suis mariée avec ton grand-papa Jérôme, il voulait avoir un chien. Moi, je voulais un chat. J'ai toujours méprisé les chiens, sans savoir pourquoi.

Et lui, il détestait les chats. Alors nous nous sommes promis de ne ramener ni chien ni chat à la maison et de cesser d'en parler. Nous ne voulions plus nous chicaner… tu comprends ?

Sa voix est moins rude. Je n'ai plus envie de l'appeler Vieux Lézard.

– Oui, grand-maman, je comprends. Et maintenant, est-ce que tu aimes encore les chats ?

– Oui, comme quand j'étais petite !

– Alors tu dois me comprendre ? Moi, je suis tellement contente de voir Pretzel, le samedi. C'est ma seule chance d'avoir un ami chien !

Elle me regarde avec de grands yeux. On dirait qu'ils sont plus bleus qu'avant.

– Tu le sais, grand-maman, je ne peux pas avoir de chien : ni chez papa, ni chez maman. Ils disent qu'un chien s'ennuierait trop, tout seul à la maison du matin au soir pendant qu'ils sont au travail. Je t'en supplie, grand-maman, arrête de dire au directeur que tu ne veux pas que Pretzel revienne !

Elle tend la main vers la tablette de chocolat suisse que je lui avais donnée. Elle la développe en silence et m'en offre un morceau.

– J'ai peut-être une bonne idée ! propose-t-elle soudain. Nous allons faire un échange, toi et moi. Je ne parlerai plus contre Pretzel. Toi, tu vas aller voir le directeur et lui demander de trouver aussi quelqu'un qui viendra nous visiter avec son chat.

– Grand-maman ! C'est génial !

À la fenêtre, le soleil apparaît enfin, après des jours et des jours de pluie, de vent et de gros nuages gris.

Chapitre 7

La Valse des patineurs

J'ai pensé à grand-maman toute la semaine. Ce matin, ce n'est pas un samedi comme les autres. Cette fois, je suis impatiente d'aller au Paradis des Aînés. Papa est surpris :

– Tu es bien pressée ce matin, Cathou ! Tu as hâte de voir Pretzel ?

– Oui. Et j'ai hâte de voir grand-maman !

Mais j'ai un peu peur en même temps… Va-t-elle être aussi fine que samedi dernier ? Ou aura-t-elle changé ? Va-t-elle tenir sa promesse et ne plus parler contre Pretzel ?

Un indice me rassure en arrivant. On entend une musique que je reconnais tout de suite. Au salon, grand-maman joue *La Valse des patineurs.* Madame Jeanne fait tourner Pretzel. Monsieur Brisebois danse avec madame Rose. Monsieur Léon incline la tête de gauche à droite en battant la mesure. Monsieur Arthur invente des mots qu'il chantonne doucement.

Quand grand-maman arrête de jouer, tous les pensionnaires applaudissent. Ils commencent peut-être à l'aimer ?

Le directeur, monsieur Ledoux, a retrouvé son air heureux :

– Enfin, le piano résonne dans toute la maison. C'est grâce à ta grand-mère, Cathou !

Grand-mère me fait un clin d'œil et j'aperçois un nouveau venu : un beau gros

chat noir et blanc, qui vient s'asseoir près d'elle sur le banc du piano.

– Cathou, je te présente Raspoutine, me dit-elle en le flattant. Regarde comme son poil est doux…

– Grosse-Poutine, quel drôle de nom pour un chat ! ajoute madame Brochu.

Raspoutine est tombé en amour avec grand-maman ! Il se laisse caresser en ronronnant très fort.

Décidément, je ne m'ennuierai plus au Paradis des Aînés !

***

En revenant à la maison, dans l'auto, papa demande :

– Cathou, qu'est-ce que c'est le surnom que tu donnais à grand-maman ?

– Quel surnom ?

– Voyons, Cathou, tu m'as déjà dit en riant que tu avais trouvé un surnom pour grand-mère. Quelque chose comme « Vieux Crapaud »… ou « Vieux Canard »…

– Ah bon !

– Tu ne te rappelles pas ?

– Non, papa. J'ai oublié !

Table des matières

Mot de l'auteure

Agathe Génois

Tu veux peut-être savoir si j'avais une grand-maman comme Vieux Lézard quand j'étais petite ? Eh bien, non, pas vraiment… MAIS PRESQUE ! Ma grand-mère Germaine était sévère. Elle me faisait souvent des reproches. Pourtant, je ne lui ai jamais donné de surnom. Et même si elle était moins difficile à aimer que Vieux Lézard, j'ai pensé souvent à elle en écrivant ce roman.

Pretzel, lui, existe pour vrai ! Sa maîtresse, madame Réjeanne Fréchette, l'emmène régulièrement rencontrer des personnes âgées, ou des malades, à Sherbrooke. Un jour, je suis allée les visiter avec eux. Et j'ai vu comment Pretzel arrive à transformer la tristesse en sourires partout où il passe. Même à l'hôpital !

Ce jour-là, j'ai su qu'il ferait partie de mon prochain roman…

Mot de l'illustratrice

Leanne Franson

J'ai toujours pensé que vivre avec les animaux nous rend plus humains, ou à tout le moins plus aimables, comme les bêtes elles-mêmes. J'ai aussi souvent partagé mon foyer avec des tortues, des chats de toutes les couleurs, des chiens, une souris, des hamsters, des grenouilles ou encore avec des coccinelles sans oublier une multitude d'autres insectes.

Autant j'aime les animaux, autant j'aime les dessiner.

Mais il est certain que mon gros et taquin saint-bernard ne pourrait pas servir de modèle à Pretzel le teckel ; et pourtant, malgré son caractère, je l'ai apprivoisé et je l'aime autant que Cathou aime Pretzel.

Je dédie ce livre à ma grand-mère, Vieux Lézard de mon enfance, qui s'est transformée au cours des années en une vraie grand-mère comme celle de Cathou.

DANS LA MÊME COLLECTION

BERGERON, LUCIE

Un chameau pour maman
La grande catastrophe
Zéro les bécots !
Zéro les ados !
Zéro mon Zorro !
La lune des revenants
La proie des ombres

BOUCHER MATIVAT, MARIE-ANDRÉE

Où est passé Inouk ?

CANTIN, REYNALD

Mon amie Constance

COMEAU, YANIK

L'arme secrète de Frédéric
Frédéric en orbite !

GAULIN, JACINTHE

Mon p'tit frère

GÉNOIS, AGATHE

Sarah, je suis là !
Adieu, Vieux Lézard !

GUILLET, JEAN-PIERRE

Mystère et boule de poil

HÖGUE, SYLVIE
INTERNOSCIA, GISÈLE

Gros comme la lune
Percival et Kit-Kat
Percival et Kit-Kat Le piège

NICOLAS, SYLVIE

Ne perds pas le fil, Ariane

ROLLIN, MIREILLE

La poudre de Merlin-Potvin
Tout à l'envers
Tout un trésor

ROY, PIERRE

Barbotte et Léopold
Salut, Barbotte !
Des bananes dans les oreilles

Dans la même collection

Sauriol, Louise-Michelle

La course au bout de la Terre ✱

Au secours d'Élim ! ✱

Les géants de la mer ✱

Simard, Danielle

Lia et le nu-mains ✱

Lia et les sorcières ✱

Lia dans l'autre monde ✱

Mes parents sont fous ! ✱ ✱

Fous d'amour ✱ ✱

Une histoire de fous ✱ ✱

Testa, Nicole

L'œil de la nuit ✱ ✱

✱ lecture facile

✱ ✱ bon lecteur

Payette & Simms inc.

Achevé d'imprimer en septembre 1998 sur les presses de
Payette & Simms inc. à Saint-Lambert (Québec)